Analyse de l'œuvre

Par Véronique Letournou

La Cuisinière

Mary Beth Keane

lePetitLittéraire.fr

Analyse de l'œuvre

Par Véronique Letournou

La Cuisinière

Mary Beth Keane

Rendez-vous sur lepetitlitteraire.fr et découvrez :

Plus de 1200 analyses
Claires et synthétiques
Téléchargeables en 30 secondes
À imprimer chez soi

LA CUISINIÈRE — 5

Roman fiévreux — 5

MARY BETH KEANE — 7

Écrivaine américaine — 7

RÉSUMÉ — 8

Prologue — 8
la terre promise — 9
Et partout sur son passage, la typhoïde… — 10
En liberté surveillée — 13
Épilogue — 16

ÉTUDE DES PERSONNAGES — 17

Mary Mallon : Mary typhoïde — 17
Alfred Briehof : le compagnon — 19
George Soper : celui par qui le scandale arrive — 21

CLÉS DE LECTURE — 23

La condition des domestiques — 23
Une histoire d'amour — 26
La promesse de l'Amérique — 28

PISTES DE RÉFLEXION — 31

Quelques questions pour approfondir sa réflexion… — 31

POUR ALLER PLUS LOIN — 33

Édition de référence — 33
Études de référence — 33
Sources complémentaires — 33

LA CUISINIÈRE

ROMAN FIÉVREUX

- **Genre :** roman documentaire
- **Édition de référence** : *La cuisinière*, Paris, Albin Michel, 2019.
- **1re édition :** 2019
- **Thématiques :** la maladie, les conditions sanitaires, la typhoïde, la ville, les émigrants, la domesticité, les inégalités, l'amour.

Cuisinière pour de riches familles américaines, Mary Mallon est un beau jour arrêtée et mise en quarantaine à l'hôpital. Elle serait un porteur sain de la typhoïde et aurait contaminé sans le savoir, simplement en cuisinant et notamment des aliments crus, 23 personnes dont au moins 3 seraient mortes. La presse s'empare de son cas et la tourmente s'abat sur elle. Révoltée, persuadée d'être victime d'une injustice, désespérée de devoir arrêter un travail qui la comble, Mary Mallon se bat bec et ongles pour prouver son innocence et retrouver une vie normale.

Inspiré d'une histoire vraie, ce roman est moins un documentaire sur la typhoïde qu'une restitution de la vie à New York au début du XXe siècle et des conditions de vie des petites gens, de ceux qui travaillent pour vivre, de ceux qui ont quitté leur pays pour venir s'installer aux États-Unis et atteindre une prospérité rêvée, qui s'avère aussi lointaine que fantasmée.

Mary Beth Keane ne se réclame pas du titre d'écrivaine historique. C'est le personnage de Mary Mallon qui l'a intéressée dans ce qu'elle a de contemporain. Si l'écriture du roman a malgré tout nécessité des lectures nombreuses sur le cas et l'histoire de Mary Mallon, Mary Beth Keane s'en est imprégnée avant de s'en éloigner pour pouvoir écrire un personnage réellement incarné, et non pas une image de papier du premier cas de porteur sain de l'histoire médicale des États-Unis. L'enjeu (et pour Mary Beth Keane la différence fondamentale entre fiction et documentaire) était d'insuffler de l'humanité dans le personnage de Mary, ce que l'auteur a pu faire en plongeant dans ses propres sensations, réactions et son imagination. Ce roman a remporté un grand succès outre-Atlantique.

MARY BETH KEANE

ÉCRIVAINE AMÉRICAINE

- **Née en 1979 à New York**
- **Ses autres œuvres :**
  - *The walking people* (2010), roman
  - *Aujourd'hui comme hier* (2021), roman

Américaine d'origine irlandaise, Mary Beth Keane est née en 1979 à New York. Titulaire d'un diplôme de littérature anglaise et d'un master d'arts, cette jeune autrice commence sa carrière en tant que réceptionniste chez un grand éditeur. C'est là qu'elle rencontrera son agent. Elle écrit pour divers journaux et revues : le *New York Times*, *Chicago tribune*, *Vogue*, *Daily beast*, *Antiochreview*. Son premier roman *The walking people*, non publié en France, parait aux États-Unis en 2010. *La cuisinière* est son second roman et remporte un grand succès. Son troisième roman, *Aujourd'hui comme hier*, est traduit dans plus de 22 langues et figure pendant huit semaines d'affilée sur la liste des bestsellers du *New York Times*. Mary Beth Keane est lauréate d'une bourse de la fondation Guggenheim.

La cuisinière est actuellement en négociation pour être adapté en série télévisée.

RÉSUMÉ

Le roman se découpe en cinq parties : un prologue, un épilogue et trois grands chapitres. Le récit, s'attardant sur le parcours de Mary à partir de son enlèvement et son enfermement, est ponctué de nombreux flashback dessinant sa vie avant, sa relation avec Alfred, avec ses amis, sa condition de cuisinière.

PROLOGUE

État de New York, Dobbs Ferry, 1899. Ce prologue nous présente Mary Mallon, 29 ans, employée en tant que cuisinière dans une famille américaine aisée et bienveillante, les Kirkenbauer, un jeune couple avec un tout petit garçon, Tobias, pour qui Mary a beaucoup d'affection. Puis l'enfant tombe malade, bientôt suivi par la quasi-totalité de la maisonnée : sa mère, la nourrice, le majordome et le jardinier. Il s'agit de la typhoïde et Mary les soigne tous, particulièrement le petit Tobias, avec conscience ; l'enfant, la mère et le majordome meurent. Ce prologue évoque également brièvement Alfred, l'homme avec qui vit Mary quand elle ne réside pas chez ses maitres, bien qu'ils ne soient pas mariés. À l'époque, le concubinage est très mal vu, le geste est assez osé et montre une certaine force de caractère, surtout de la part de Mary, les femmes étant évidemment les premières accusées de mauvais comportement.

LA TERRE PROMISE

Cela fait 23 ans que Mary Mallon vit aux États-Unis. C'est à l'âge de 14 ans que Mary débarque à New York – ville fascinante, immense, sale et moderne –, dans le petit appartement très modeste de son oncle Paddy et de sa tante Kate, qu'elle aime beaucoup. Au bout d'un an d'acclimatation, elle s'inscrit dans une agence de placement qui lui trouve une place de blanchisseuse dans une famille obsédée de propreté, les Cameron. Elle ne pense qu'à la cuisine et aspire à devenir cuisinière. Un premier remplacement en tant que cuisinière au sein de cette même famille lui donne un aperçu de ce qu'elle pourrait faire : cuisiner est bien une vocation.

À 17 ans, elle rencontre celui qui va devenir le compagnon de sa vie, Alfred Briehof, qui en a 22. C'est, dans les premiers temps, une histoire parfaitement heureuse. Ils sont très amoureux et Alfred lui propose de s'installer ensemble, dans un tout petit appartement où lui peut résider en permanence et où elle vit également, sauf quand ses places sont trop loin pour qu'elle puisse rentrer chaque soir au logis. Mais Alfred a un grave défaut, il boit. Et Mary vit des moments éprouvants : elle appréhende, quand Alfred ne rentre pas, le stade d'ivrognerie où il se trouve, ses longues recherches dans les différents bars qu'il fréquente, les retours bruyants d'Alfred dans l'immeuble où il appelle Mary en hurlant son nom, etc. Ils ont néanmoins également suffisamment de bons moments pour qu'elle lui reste attachée.

Mary est complètement adaptée à la vie américaine et enchaine les places de cuisinière dans de riches familles. Elle travaille bien, gagne sa vie très correctement, compensant ainsi le peu de rentrées d'argent du côté d'Alfred, très instable professionnellement parlant.

Elle pense à la famille Warren dont elle a soigné les membres et les domestiques, qui ont vécu et qui se sont montrés très reconnaissants de son dévouement.

ET PARTOUT SUR SON PASSAGE, LA TYPHOÏDE...

En 1907, un article du *New Daily* fait mention d'une cuisinière accusée de transmettre la typhoïde via les plats qu'elle prépare sans être malade et sans le savoir elle-même. Elle serait un porteur sain, asymptomatique, de la typhoïde et aurait involontairement contaminé 23 personnes parmi lesquelles au moins 3 sont décédées. Il s'agit de Mary.

À ce moment, Mary est en place chez les Bowen, qui se montrent hautains et méprisants et qu'elle n'aime pas. C'est chez les Bowen que le docteur Soper, expert en hygiène sanitaire, essaie de lui parler. Il a remonté sa trace via les familles chez qui elle a été placée jusque-là et au sein desquelles la typhoïde s'est déclarée. Mais elle refuse de l'écouter, se sent injustement accusée et le chasse. Il revient quelques jours plus tard, accompagné de policiers et d'une femme médecin, la Dr Baker. Les domestiques aident Mary à s'enfuir, mais les policiers la retrouvent. L'arrestation est musclée, Mary résiste de toutes ses forces.

Elle est alors enfermée et mise en quarantaine à l'hôpital Willard Parker, sans possibilité de contacts extérieurs, et soumise à des tests et analyses quotidiens. La seule aide lui vient du Dr Baker, mais elle ne peut pas mettre ce soutien à profit. Face au refus de Mary d'accepter l'ablation de sa vésicule biliaire, elle est emmenée à North Brother, ile-hôpital située au large de Manhattan où se meurent phtisiques et tuberculeux. Elle y est constamment examinée, questionnée. Un mois après son « arrestation », on lui construit une maisonnette sur l'ile. La situation est kafkaïenne et très mal vécue par Mary qui s'estime en pleine forme et refuse absolument de croire qu'elle puisse transmettre une maladie dont elle n'a jamais souffert. Les questions, qui la culpabilisent et la heurtent, les incessants examens dont on ne l'informe jamais des résultats la choquent et la désespèrent, l'interdiction de communiquer avec l'extérieur lui est intolérable. Elle finit par pouvoir entamer une correspondance avec Alfred : au moment où se produisent ces évènements, ils ont derrière eux 22 ans de vie commune. Il souhaiterait l'aider, mais ne sait pas comment.

Les mois passent, elle se lie d'amitié avec le jardinier de l'ile, John Cane. Elle se bat, se fait faire des examens à l'extérieur qui se révèlent négatifs, mais qui, du fait des délais de traitement, sont invalides pour les médecins de l'ile, écrit à des avocats. Les lettres avec Alfred s'espacent ; Mary connait ses faiblesses et s'inquiète pour lui. Elle se sent très seule. Survient enfin une éclaircie en la personne d'un jeune avocat du nom de Francis O'Neill, qui lui répond et vient lui rendre visite. C'est d'abord le seul autorisé, il sera suivi ensuite par des journalistes ; la presse se déchaine et lui donne des surnoms tels que « la Porteuse de germes » ou, plus tard, un nom qui la blesse profondément, « Mary typhoïde ». O'Neill veut demander une audience qui lui permettrait de pointer l'illégalité du procédé dont Mary a fait les frais : un enlèvement puis des analyses, sans jamais lui demander son assentiment.

Le jour de l'audience arrive enfin. Mary est extrêmement nerveuse et guette Alfred, qui finit par arriver, heureux de la revoir. M. O'Neill explique la situation de Mary, retenue depuis 27 mois à North Brother. Les témoins (des scientifiques) se succèdent, certains favorables à la sortie de Mary, d'autres à ce que la quarantaine soit maintenue. Les débats s'égarent. On semble vouloir l'incriminer pour ce qu'elle a fait, presque la présenter comme une domestique qui aurait cherché à nuire et se venger de ses patrons en propageant sciemment la maladie autour d'elle. Le témoignage du Dr Soper est peu favorable à Mary. Il est question de son arrestation chez les Bowen, on lui reproche d'avoir fui trop vite et de se douter qu'elle allait être arrêtée et donc de savoir qu'elle répandait la maladie, ce qu'elle nie fermement. Elle apprend avec peine que la petite fille des Bowen est atteinte de la typhoïde, toujours très émue des maux touchant les enfants. La seule à la défendre à l'audience et à souligner le manque d'humanité et la totale absence de prise en compte des sentiments de Mary est la Dr Baker, que le juge soupçonne de partialité féminine. À l'issue des débats, le juge décide de la renvoyer à North Brother avec la possibilité de recevoir des amis.

Mary, furieuse et déçue, s'enferme dans la dépression. John Cane est heureux de la revoir et essaie de lui rendre la vie agréable. Son tempérament combattif reprend le dessus et elle parvient à s'extraire de son marasme. Alfred lui rend alors visite pour lui apprendre qu'il a déménagé et va épouser une autre femme.

EN LIBERTÉ SURVEILLÉE

Puis, un beau jour, la presse évoque un laitier qui serait dans le même cas que Mary (bien que lui aurait eu la typhoïde) et qui est autorisé à rester chez lui, sans plus toucher au lait, soupçonné d'avoir contaminé des centaines de personnes. Francis O'Neill s'active et parvient enfin à la faire libérer, au bout de trois ans de captivité, à condition qu'elle ne refasse plus jamais de cuisine et se soumette chaque mois à des analyses. Elle reprend sa première activité de blanchisseuse dans une blanchisserie en plein New York et acquiert un nouveau rythme, une nouvelle vie. Elle retrouve ses anciennes amies et loue un lit chez une famille dans son ancien immeuble. Elle refuse toujours d'admettre qu'elle est porteuse de la typhoïde malgré les affirmations des médecins et de O'Neill. Elle ne veut voir que des coïncidences dans ces malades et ces morts qui jalonnent son parcours.

On suit Alfred, sa nouvelle compagne Liza, et le fils de celle-ci, Samuel. Alfred se rend vite compte qu'il n'a aucune envie d'épouser Liza et veut retrouver Mary.

Il s'enfuit donc en emportant ses économies et celles de Samuel. Liza l'avait aidé à sortir de l'alcool, il y replonge dès son départ. Il rejoint Mary qui refuse de lui parler et d'envisager la reprise d'une vie commune. Repris par ses démons, Alfred est victime d'un grave accident (une lampe lui explose au visage, il est brulé au torse et au bras) que Mary n'apprendra qu'un an et demi plus tard.

Mary s'endurcit, se révolte. Elle est témoin des drames de son temps (l'incendie d'une usine de confection en plein New York, l'une des catastrophes industrielles les plus meurtrières en 1911, le naufrage du Titanic et l'arrivée du Carpathia qui a sauvé les naufragés en 1912). Désespérée de ne plus faire le travail qu'elle aime et toujours convaincue de son innocuité, elle quitte la blanchisserie et se fait embaucher dans une boulangerie. Elle transige avec sa conscience en se disant qu'il ne s'agit pas vraiment de cuisine, mais de pains et de tartes… Elle cesse également de se rendre au service d'hygiène pour se faire tester. Soper retrouve sa trace, elle est à nouveau obligée de fuir, aidée par sa collègue. C'est alors qu'elle apprend l'accident d'Alfred et part à sa recherche.

À sa sortie de l'hôpital, Alfred est un homme neuf. Il n'a plus touché d'alcool depuis plus d'un an, il a frôlé la mort : il semble avoir changé. Il a toujours la volonté de reconquérir Mary. Pourvu de ses ordonnances et de ses médicaments, dont de la morphine à s'injecter pour supporter les douleurs, il part chercher du travail dans le Minnesota. Ses premières impressions sont très positives, toutes de contraste avec New York. La ville était sale et bruyante, la nature grandiose lui semble pure et saine. Il mène une vie austère et presque idyllique avec trois compagnons, bucherons, jusqu'à ce que l'un d'eux soit grièvement blessé par la chute d'un arbre. Forcé de lui laisser tous ses médicaments, enfermé en plein hiver dans la neige et une nature devenue subitement hostile, entouré d'hommes dont la brutalité couve sous la rudesse, la situation vire au cauchemar. Il parvient à rallier New York.

Mary retrouve sa trace et s'installe chez lui. Il est toujours sobre, plus travailleur et posé, plus stable. Leur nouvelle vie est heureuse, malgré leur peu de relations : les habitants quasiment tous célibataires désapprouvent l'intrusion de Mary qu'ils jugent hautaine et peu sympathique. Mary propose ses services en tant que blanchisseuse. Mais petit à petit, la santé d'Alfred décroit, sa dépendance à la drogue a pris la place de son addiction à l'alcool. Or la législation change, on ne peut plus lui prescrire de drogues. Mary et lui trouvent des filières pour s'en procurer. Mary se remet à la cuisine et propose ses plats aux voisins. Une voisine infirmière qui ignore son identité lui propose la place de cuisinière dans la maternité où elle travaille. Alfred est devenu incapable de travailler, son état de santé est très dégradé. Mary accepte, sous le nom de Mary Brown. Enchantée de son nouveau travail, le réel la rattrape quand une épidémie de typhoïde se propage dans la maternité. Bouleversée, choquée, terrifiée à l'idée d'en être responsable, elle rentre chez elle et trouve Alfred mort dans leur lit.

Lorsqu'elle revient à la maternité le lendemain, le Dr Soper est là. Alors qu'elle essaie d'agir comme à l'accoutumée – comme si elle n'avait rien à se reprocher – et de se cuirasser, ses forces l'abandonnent et elle s'effondre en larmes. Elle est renvoyée à sa maisonnette de North Brother pour le restant de ses jours.

ÉPILOGUE

North Brother, 1938. Mary a 69 ans et met le point final aux mémoires que les médecins lui ont demandé d'écrire. Elle n'a plus quitté l'ile et s'y est réhabituée beaucoup mieux que la première fois. De nombreux visages connus sont morts (John Cane, etc.), de jeunes infirmières ne connaissent pas son histoire et ignorent qu'elle fut, pour un temps, « Mary typhoïde ».

MARY MALLON : MARY TYPHOÏDE

Née en Irlande, Mary a 14 ans quand elle débarque à New York en 1883 chez les Brown, son oncle et sa tante. Kate, sa tante, est très bienveillante, Paddy, son oncle, plus réservé. Pendant un an, elle s'habitue à la ville et à ces nouvelles pratiques. Elle souhaite devenir cuisinière et s'entraine avec Kate, mais son premier emploi sera un emploi de blanchisseuse. Elle entre à 15 ans (elle prétend sur les conseils de sa tante en avoir 20) chez les Cameron. Par la suite, elle deviendra cuisinière avec un certain succès auprès de ses patrons qui reconnaissent son savoir-faire. À 17 ans, elle rencontre Alfred Briehof. Ils se mettent en ménage quelques années plus tard, sans se marier, ce qui est étonnant de la part d'une jeune Irlandaise catholique. Cette décision semble plutôt appartenir à Alfred qu'à Mary (« peut-être était-ce ce printemps-là qu'il lui avait annoncé une fois pour toutes qu'il ne l'épouserait jamais [...] parce qu'il ne croyait pas au mariage », p. 17). Si cette volonté lui pèse, elle ressent surtout une blessure d'amour-propre (« sa fierté était blessée », p. 18). Mary et Alfred n'auront pas d'enfants et cette fois-ci, c'est le choix de Mary, elle craint de s'attacher à une créature fragile quand elle a vu mourir les deux bébés de sa sœur ou le petit Tobias, encore tout petit enfant.

On possède peu de descriptions physiques de Mary, si ce n'est qu'elle était mince et plutôt jolie quand elle était jeune, qu'elle était très coquette et prête à dépenser une forte somme pour un accessoire ou un vêtement, qu'elle est très soigneuse et qu'avec l'âge, elle a « le teint clair, des formes généreuses et des joues rosées » (p. 28). Elle parait robuste avec une santé de fer en ayant exercé des métiers pénibles. Elle n'est jamais malade.

Mary est une femme très professionnelle, qui s'acquitte consciencieusement de ses tâches. Elle aime cuisiner, ce métier lui apporte du plaisir. Elle s'entend bien avec ses collègues, ils respectent ses compétences et sa discrétion.

Elle a un caractère bien trempé. Elle a du cran et n'hésite pas à s'opposer aux policiers et aux médecins (elle se montre « sauvage », pour reprendre le qualificatif des médecins : « Combative. Difficile. Têtue. Obstinée. Ignorante. Une femelle, quoi ! », p. 101). Elle fait preuve d'une certaine raideur, à rebours de ce que l'on attend parfois chez une femme à cette époque (« elle savait que les femmes étaient censées être plus douces, espèce si chaleureuse et attentionnée que Dieu lui avait accordé le don de porter des enfants, d'en prendre soin, de s'occuper d'une maison, de remettre les malades sur pied », p. 140). Elle a peu d'amies et donne parfois une image peu sympathique, un peu hautaine et méprisante. Elle ne s'inclinera pas non plus devant des patrons qui cherchent à imposer leur pouvoir et leur supériorité. Elle n'a aucune admiration pour la richesse et ne craint pas les puissants. Elle est très orgueilleuse.

C'est quelqu'un qui renferme beaucoup ses sentiments. Sa fierté a été mise à rude épreuve à de nombreuses reprises quand il a fallu faire face aux ivrogneries publiques d'Alfred et quand son nom a été étalé dans la presse. Mais sous la cuirasse, des sentiments très forts s'agitent : un instinct de survie et de liberté, quand on l'enferme telle une prisonnière ou lorsqu'elle parvient à s'échapper d'Alfred ; une grande solidarité envers autrui, à plusieurs reprises, elle n'hésite pas à soigner avec dévouement son entourage malade ; de la bonté, elle est invariablement touchée du sort des enfants, pour elle symboles d'innocence. Son obstination à refuser le diagnostic de porteur sain perçu comme un entêtement intolérable par les médecins semble plutôt pour le lecteur une parade désespérée pour ne pas voir la vérité en face tant celle-ci serait insupportable à regarder. En bonne catholique, elle considère la mort comme faisant partie de la vie et comme jalonnant toute existence, elle est d'ailleurs témoins de nombreuses morts violentes (dans son enfance puis face à cette usine qui flambe et ses employées qui se jettent par les fenêtres pour échapper aux flammes et qui tombent comme des tas de linge sur le trottoir). Mary semble être dans le déni, un déni qui perdure après l'ultime épidémie de la maternité, mais en réalité, l'angoisse la tenaille à de nombreuses reprises, le petit Tobias hante régulièrement ses pensées et c'est sur lui que se closent le livre et les pensées de Mary.

ALFRED BRIEHOF : LE COMPAGNON

Alfred Briehof est d'origine allemande. Il est arrivé en Amérique à 6 ans. Il en a 22 quand il rencontre Mary.

Physiquement, il a des « pommettes hautes », une « mâchoire virile » (p. 195) et « des yeux vert clair bordés de cils noirs » (p. 196) et semble vieillir plutôt bien, jusqu'au terrible accident qui lui vaudra d'être gravement brulé sur une partie du corps. Il est robuste, en effet, malgré son alcoolisme et une hygiène de vie nettement moins régulière que celle de sa compagne, et même après son accident, il est capable d'effectuer des travaux physiques réclamant force et endurance.

Il est charmeur et sait en jouer. Le fait de ne pas se marier révèle chez lui une soif de liberté et de vivre dif-féremment de son pays d'origine (« à quoi bon être en Amérique si deux personnes ne peuvent pas vivre comme elles l'entendent ? », p. 17).

Il est professionnellement instable, ne parvient pas à se trouver d'activité fixe. Même quand celle-ci marche bien (comme sa carriole de jouets), il abandonne. Il est en proie à des démons intérieurs qui ne le lâchent pas et souffre d'addictions, pendant de longues années il s'agit d'alcool, puis à la fin de sa vie, il dépend des drogues.

Il est capable de voler, de tricher, de manipuler, contraire-ment à Mary, qui est plutôt droite. La tante Kate « l'avait qualifié de filou, tout en ajoutant qu'il était le plus char-mant et le plus beau filou qu'elle avait rencontré dans sa vie » (p. 193). Pour le lecteur, le personnage d'Alfred est loin d'être séduisant et sympathique, mais il aime Mary et cet amour le rachète un peu. Elle est le point fixe de sa vie, son repère. Pour elle, il est capable d'agir (son départ pour le Minnesota). Il ne lui retire jamais sa confiance, même après cette inquiétante information concernant le statut de porteur sain de Mary.

Et comme on n'est pas tout blanc ou tout noir, il est aussi capable de veiller sur un vieil homme malade, même s'il ne sait pas bien faire, même s'il préfèrerait être ailleurs.

GEORGE SOPER : CELUI PAR QUI LE SCANDALE ARRIVE

Médecin, contrôleur sanitaire, George Soper est le responsable de l'arrestation de Mary. Son personnage est singulier. S'il est rigoureux, il se tient également à distance des patients et des malades (ici personnifiés par Mary). S'il ne perd jamais son calme, il semble détaché des émotions.

Il effectue son enquête avec rigueur et essaie d'identifier en quelque sorte le patient zéro des épidémies. La première épidémie dont il s'occupe est celle qui a éclaté à Oyster Bay, lieu où la typhoïde est inhabituelle. Mary y était avec les Warren et un grand nombre de personnes de la maison sont tombées malades. En se renseignant auprès du bureau de placement qui suit Mary, il a pu trouver et contacter, en se livrant à une enquête quasi policière, les précédentes familles chez lesquelles elle a travaillé et découvert qu'à quasiment chacun de ses passages, une épidémie éclatait.

Il est « tiré à quatre épingles, vêtements repassés, cheveux et moustache soignés » (p. 37), « comme s'il flottait au-dessus de la boue et de la merde qui encombrent les rues de New York » (p. 39). Au moment du procès, il ne fait preuve d'aucune empathie. Ses tentatives d'approche de Mary se sont soldées par des échecs, mais il n'essaie pas vraiment de se remettre en question, les échecs en incombent à Mary, son mauvais caractère et son manque d'éducation. Le Dr Soper considère Mary comme un cas, un rat de laboratoire, sa vie personnelle lui importe peu, voire pas du tout. En effet, contrairement aux autres porteurs identifiés après elle, Mary n'a jamais eu la typhoïde (ce pourquoi il lui est si difficile d'admettre qu'elle peut contaminer autrui, à cette époque on ne pouvait transmettre une maladie que si l'on était soi-même malade), elle est donc une anomalie des plus intéressantes pour un scientifique.

Il se trouve sur son chemin à chaque fois qu'elle sort du cadre imposé par sa libération. Il est là pour la sortir de la boulangerie, il est à nouveau présent à la maternité de Sloane. Mary représente une avancée pour la science et un titre de gloire pour le Dr Soper (« Soper écrit un article sur moi de temps à autre », p. 399).

CLÉS DE LECTURE

LA CONDITION DES DOMESTIQUES

De façon assez discrète, le roman se fait l'écho de nombre de résonances très actuelles : la condition des femmes, des migrants, le miroir aux alouettes de l'ailleurs, le pouvoir des puissants (dont les institutions scientifiques par le biais des médecins, les institutions judiciaires à travers l'audience et le parti pris des débats et du juge, et enfin les institutions politiques par la pression des journalistes et l'action brutale de la police), les épidémies, etc.

Il est beaucoup question dans le roman de la condition des domestiques officiants dans les riches familles au début du XXe siècle, avant que la Grande Guerre ne nivèle temporairement tout le monde dans les tranchées et à l'arrière. S'il existe des familles relativement bienveillantes, aux règles plus souples (les Kirkenbauer ou les Warren, par exemple), d'autres sont franchement imbues de leur position sociale (les Cameron ou les Bowen). Le personnel de maison pouvait être assez nombreux (valet de pied, majordome, femme de chambre, cuisinière, lingère, jardinier, nourrice, etc.). Les barrières sont strictement établies. Mary découvre « qu'une blanchisseuse ne devient pas plus cuisinière qu'une cuisinière une dame » (p. 122) et qu'en aucun cas une domestique ne peut avoir de points communs avec sa patronne, fût-ce par son chapeau : Mary s'achète un bibi cher et très chic et, rencontrant sa maitresse en rentrant, se rend compte qu'elle porte exactement le même. Après une scène assez drôle et terrible où Mme Bowen fixe le chapeau de Mary, celle-ci lui fait une remarque (« c'était une chose à ne pas dire ») sur leurs chapeaux jumeaux et Mme Bowen lui rétorque : « ressemblant, Mary. Pas identique » (p. 95). Pis que l'inégalité sociale, les préjugés sur les domestiques sont blessants (« à moins que vous n'imaginiez qu'on ne parle pas des mêmes sujets que vous, nous autres ? », p. 131).

Il s'agit de métiers parfois physiquement durs, diversement rétribués (une blanchisseuse gagne nettement moins qu'une cuisinière. À son premier poste, si Mary est logée et nourrie, le gite et le couvert sont déduits de sa paie, ce qui fait qu'il ne lui reste « pratiquement rien » [p. 122]) et très prenants. La personnalité des domestiques est gommée le plus possible (« restez propre sur vous en permanence. Soyez respectueuse envers la famille et ses invités, et pour l'amour de Dieu, ne vous adressez pas à eux s'ils ne vous parlent pas. Si un membre de la famille entre dans une pièce où vous vous trouvez, sortez-en aussi vite. Vous n'avez aucune opinion politique, et d'ailleurs, la politique ne vous intéresse absolument pas », p. 121). Les domestiques doivent s'aligner sur les habitudes et opinions de leurs patrons, principalement en ce qui concerne la religion : « la maitresse de maison ne prenait pas sa foi à la légère et exigeait de son personnel qu'il approche Notre Seigneur avec le même sérieux qu'elle » (p. 122). Le domestique est un bon outil, invisible et muet : « ils aiment bien que leurs lits soient chauffés et leurs dessous propres, mais ils n'aiment pas connaitre les étapes pour arriver à ce résultat » (p. 196). Il ne doit pas être défaillant ; chez les Cameron, la cuisinière malade est congédiée sur le champ et l'aide-cuisinière avec (bien qu'elle se porte très bien), par précaution. Les femmes sont évidemment exposées à certaines privautés du maitre (« M. Cameron lui laissait toujours un pourboire [...] et le jeu consistait à mettre la main dessus. [...] Parfois, il arrivait à l'improviste derrière elle [...]. Cette pratique, elle l'avait bien compris, ne devait pas s'ébruiter », p. 126).

Le personnel se montre la plupart du temps solidaire et s'entraide. Quand la cuisinière malade est renvoyée, sans même que la maitresse se soucie de savoir si elle a suffisamment d'argent pour rentrer chez elle, ce sont les autres domestiques qui se cotisent pour lui payer son trajet de retour. Quand la police vient chercher Mary chez les Bowen, Franck le majordome et Bette la femme de chambre font leur possible pour lui donner le temps de s'enfuir ; de même chez le boulanger après sa libération, quand le Dr Soper vient la chercher dans la boutique, sa collègue Evelyn l'aide à s'échapper.

Dans le roman, Mary est la voix des pauvres, c'est elle qui s'insurge et pousse le lecteur à s'insurger à son tour contre les inégalités sociales et les différences de traitement. Quand une jeune accouchée décède à la maternité où elle travaille, les infirmières en pleurent. Mary songe que « c'était terrible ce qui était arrivé à cette jeune mère, la mort d'une personne jeune est toujours terrible, mais elle ne pouvait s'empêcher de penser que ces femmes étaient riches. Accoucher à Sloane coûtait plus cher que six mois de salaire [...]. Un peu partout en ville, des femmes pauvres mouraient à chaque minute, en laissant derrière elles deux, trois, voire quatre enfants en bas âge » (p. 378).

Finalement, les domestiques de la famille Cameron présentent une image assez juste de leur condition : « Mary se mit, elle aussi, à se considérer en guerre, comme tous les autres. Son front à elle, c'étaient les cols de chemise et de chemisier, et les ourlets de pantalon et de jupe » (p. 123). Être un domestique, un ouvrier, est une lutte pour rester en poste, ne pas être malade, ne pas faire d'erreurs, faire le maximum pour le confort de plus riches et espérer, un jour, être traité d'égal à égal.

UNE HISTOIRE D'AMOUR

La très belle citation qui sert de titre à l'avant-dernier chapitre, « la bannière qu'il déploie sur moi, c'est l'amour », est tirée du *Cantique des cantiques*, ce livre de la Bible fait de poèmes et de chants d'amour. Derrière cette incroyable histoire « médicale » se dessine également une histoire d'amour qui s'étale sur toute une vie, celle qui lie Mary à Alfred. Les souvenirs heureux et malheureux disséminés comme les pièces d'un puzzle au fil du livre finissent par dessiner une histoire qui, si elle connait des hauts et des bas, du bonheur des débuts (« cette certitude que personne ne pouvait être plus heureux qu'elle », p. 160) à certains moments d'extrême tension (« Mary avait l'impression d'être entrée dans un lieu situé au-delà de la colère, un endroit où le désarroi était tel qu'elle se demandait si tout cela n'était pas de sa propre faute », p. 136), se singularise par sa durée et par le lien très fort qui soude malgré tout Mary et Alfred : « elle l'aimait. Comme ce serait plus facile sans tout cet amour ! » (p. 192).

Ce couple non conformiste, pas marié et sans enfants par choix, a trouvé un équilibre dans les absences fréquentes de Mary, qui leur permet également de prendre du recul vis-à-vis de certaines situations sinistres : leurs disputes sont dues aux écarts d'Alfred qui dépense leurs économies en alcool, boit et ne parvient pas à garder un travail. Mary est très protectrice avec lui, trop parfois, et il supporte mal ses regards qui jugent ou ses remontrances. Mais ils essaient également de se montrer attentifs l'un avec l'autre.

Quand Mary est enfermée à North Brother et qu'Alfred la pense perdue, il se lie avec une autre femme, mais « Liza Meaney n'était pas et ne serait jamais Mary Mallon » (p. 247), laquelle Mary « n'était pas une femme comme les autres » (p. 248). Quand Mary part de l'ile, il quitte cette femme qu'il a promis d'épouser et n'épouse pas et n'a de cesse de vouloir retrouver Mary (« il n'avait qu'une idée, foncer là-haut à l'instant même, pour la voir, l'implorer de lui pardonner, la prendre dans ses bras », p. 253). Ils sont attachés l'un à l'autre par mille choses du quotidien (« il connaissait avec précision son opinion sur tout », p. 249), à commencer par une entente très sensuelle : ils se touchent et s'embrassent naturellement. De plus, Alfred, qui est faible, a besoin d'une personnalité forte et solide à ses côtés, comme Mary (« il avait besoin de Mary », p. 259) et non pas comme Liza qui ne semble avoir aucun désir réellement personnel. Lors de son accident, alors qu'elle refuse de le voir, il déclare à l'hôpital que son épouse est Mary Mallon.

Pour reconquérir Mary, il est prêt à changer de vie, comme il a voulu le faire pour Liza sans succès ; cette fois-ci, il est prêt. C'est Mary qu'il espère quand il part dans le Minnesota, c'est à elle qu'il pense quand il regarde la nature, c'est elle à qui il se montre tel qu'il est, brave et faible, bon et veule.

Quant à Mary, Alfred est le pilier de sa vie. Quand elle apprend qu'il la quitte, elle est désespérée, mais malgré les nombreuses mises en garde de son entourage (sa tante, ses amies Fran ou Mila Borriello), elle ne renonce jamais à lui. Elle s'occupera de lui jusqu'au bout, même si elle regrette certaines décisions, comme on peut regretter en relisant le passé. Le destin d'Alfred semblait pourtant écrit, tout comme l'histoire d'Alfred et de Mary.

LA PROMESSE DE L'AMÉRIQUE

Le roman dépeint la ville de New York en plein essor. Au tournant des XIXe et XXe siècles, l'Amérique connait une vague d'immigration sans précédent, à tel point que des lois encadrant l'immigration sont instaurées et qu'Ellis Island est ouvert, permettant de mettre en place une structure d'accueil pour les migrants. On y croise des nationalités de tous les coins du monde : principalement d'Irlande et d'Allemagne comme Mary et Alfred, mais aussi de Lituanie, Chine, Italie, Suède, etc. Le trajet est long, certains n'y arrivent jamais (« en vingt et un jours, elle avait vu sept corps glisser dans l'océan, dans leur fourreau de toile à voile cousu serré », p. 118). L'entente ne règne pas particulièrement, les Italiens sont passablement persécutés et les Chinois, moins payés que les Blancs, sont parqués dans des quartiers bien précis (Chinatown) et positionnés à des places subalternes et pénibles.

La ville est en pleine mutation et se construit de tous côtés. Elle semble tentaculaire, immense et grise (« avenues envahies de gadoue, charrettes éclaboussées de boue, bardeaux gris, brique rouge passé, fumée de charbon planant dans l'air et gommant tous les contours », p. 118), débordée par sa population. Les *tenements* (type d'habitat collectif offrant un confort minimal loué par les classes pauvres et ouvrières. Sombres, sans ventilation ni eau courante, ils posaient des problèmes d'hygiène considérables, note p. 120) se multiplient. Le roman souligne constamment les problèmes d'hygiène rencontrés par la municipalité : enlèvement irrégulier des ordures, manque de règles et d'outils pour les détritus, jetés au coin des rues, eaux stagnantes, etc. New York est une ville fascinante et pleine de vie, mais c'est une ville sale (« on pouvait suivre à la trace boue, cendres et excréments en provenance de la rue, de l'entrée de l'immeuble jusqu'aux pièces elles-mêmes, en passant par les escaliers et les couloirs », p. 123).

La construction de New York passe par la gestion du flux humain et des infrastructures destinées à les accueillir, ce New York des années 1900 est encore loin de l'image de terre promise qu'ont en tête les immigrants en posant le pied sur le sol américain.

<u>**Le saviez-vous ?**</u>

L'*Habeas corpus* énonce la liberté de ne pas être emprisonné sans jugement. Toute personne arrêtée a le droit de savoir pourquoi elle est arrêtée et de quoi elle est accusée. L'*Habeas corpus* est donc concrètement l'obligation de présenter le détenu au juge afin que celui-ci vérifie son état physique et la légalité de son arrestation. Il peut également procéder à l'élargissement de la peine ou la libération sous caution.

<u>**Le saviez-vous ?**</u>

La typhoïde est une infection transmise par une bactérie appelée *Salmonella typhi*. Elle se propage par l'eau ou les aliments contaminés. Elle n'a pas aujourd'hui disparu du monde : de 11 à 20 millions de personnes la contractent et environ 128 000 à 160 000 en meurent chaque année. Au début du XXe siècle, la maladie est liée au mauvais système d'assainissement ou d'adduction des eaux, encore balbutiants. L'hygiène et la sécurité sanitaire n'ont pas encore réellement fait leur apparition dans les mœurs et les préoccupations médicales. Mary Mallon était effectivement porteuse de la typhoïde. À sa mort, on retrouva des bactéries de fièvre typhoïde vivantes dans sa vésicule biliaire. Elle est la première porteuse saine connue par la science américaine.

PISTES DE RÉFLEXION

QUELQUES QUESTIONS
POUR APPROFONDIR SA RÉFLEXION...

- Le livre évoque l'histoire vraie de Mary Mallon. À votre avis, qu'est-ce qui différencie un roman d'un documentaire ?

- Que vous inspire la condition des migrants dans le récit au regard de la situation actuelle ?

- Mary est une femme, élevée dans la religion catholique, qui n'est pas mariée et qui n'a pas d'enfants. Pensez-vous que ses choix de vie reflètent ceux des femmes de son temps et de sa condition ? Vous pouvez vous appuyer sur les autres personnages féminins pour répondre.

- Que semblent signifier ces attaques de typhoïde qui frappent sans distinction de classes sociales ?

- New York est dépeinte comme une ville à la fois moderne et peu développée. En réalité, elle est débordée par sa population, mais peut assez bien représenter le fonctionnement du progrès. Comment définiriez-vous ce tournant du siècle ?

- Les vagues de migrants ont donné naissance au mythe du rêve américain dans les années 1920 et 1960, qu'en pensez-vous ?

- Il est question d'adapter le roman en série. En quoi est-il cinématographique ?

- Parleriez-vous pour ce roman d'une critique sociale ?

- Le personnage de Mary vous semble-t-il courageux ou stupide ? Justifiez.

POUR ALLER PLUS LOIN

ÉDITION DE RÉFÉRENCE

- Keane M.B., *La cuisinière*, Paris, Presses de la cité, 2014.

ÉTUDES DE RÉFÉRENCE

- Portes J., *Histoire des États-Unis*, Armand Colin, 2017.

- Pouzoulet C., *New York, construction historique d'une métropole*, Ellipses, 1999.

SOURCES COMPLÉMENTAIRES

- Site officiel de l'Organisation mondiale de la santé, www.who.int/fr/news-room/fact-sheets/detail/typhoid

- Masterclass de Mary Beth Keane sur *La cuisinière* : Professor Holsinger introduces Mary Beth Keane – Seminar with Mary Beth Keane | Coursera

- Sur Mary Mallon : Queffelec D., « Mary Typhoïde : une vie en quarantaine » (2020), in *www.franceculture.fr*, consultéle17/01/2022. URL : https://www.franceculture.fr/histoire/mary-typhoide-une-vie-en-quarantaine

- Sur les relations maitres et valets, voir le film de Robert Altman *Gosford Park*.

Votre avis nous intéresse !
Laissez un commentaire sur le site de votre librairie en ligne
et partagez vos coups de cœur sur les réseaux sociaux !

lePetitLittéraire.fr

- un résumé complet de l'intrigue ;
- une étude des personnages principaux ;
- une analyse des thématiques principales ;
- une dizaine de pistes de réflexion.

**Retrouvez
notre offre complète sur
lePetitLittéraire.fr**

L'éditeur veille à la fiabilité des informations publiées,
lesquelles ne pourraient toutefois engager sa responsabilité.

www.lepetitlitteraire.fr

ISBN version numérique : 9782808027090
ISBN version papier : 9782808027106
Dépôt légal : D/2021/12603/195

Conception numérique : Primento,
le partenaire numérique des éditeurs.